AF358865

10 Décembre 1913

ANTIQUITÉS

DE PERSE

BELLES FAÏENCES DE FOUILLES

Sultanabad, à reflets métalliques, Rhagès et Guébry

POTICHES POLYCHROMES, BOLS & ASSIETTES

Verres de Perse et Verres irisés

MINIATURES, BRONZES & CUIVRES DE PERSE

Velours, Soieries, Robes et Toiles imprimées

Objets divers

BEAUX TAPIS DE PERSE ET D'ORIENT

DONT LA **VENTE** AURA LIEU

HOTEL DROUOT — SALLE N° 4

Le Mercredi 10 Décembre 1913

à 2 heures

COMMISSAIRE-PRISEUR:

Mᵉ G. FRANÇOIS

23, Rue Le Peletier, 23

EXPERT-ANTIQUAIRE :

M. E. D. PIGNATELLIS

10, Rue de Montpensier, 10

CHEZ LESQUELS SE DISTRIBUE LE CATALOGUE

EXPOSITION PUBLIQUE

A L'HOTEL DROUOT, le Mardi 9 Décembre 1913, de 2 h. à 6 h

NOTA. — Les TAPIS seront vendus à 4 h. 45

C. Chaufour
Impr.
8, rue Milton
Paris

CONDITIONS DE LA VENTE

La vente sera faite expressément *au comptant*.

Les acquéreurs paieront **dix** pour cent en sus *des prix d'adjudication*.

L'exposition publique mettant les acquéreurs à même de se rendre compte de l'état et de la nature des objets mis en vente, il ne sera admis *aucune réclamation* une fois l'adjudication prononcée.

L'Expert se réserve le droit de grouper ou de diviser les lots.

M. E. D. Pignatellis se charge aux conditions habituelles (5 o/o sur le chiffre des adjudications) des commissions qu'on voudra bien lui confier.

L'ordre des numéros du Catalogue pourra ne pas être suivi.

DÉSIGNATION

FAIENCES DE FOUILLES DE PERSE

Xᶜ AU XIVᶜ SIÈCLES

1 — Petit *bol* à reflets métalliques, décor personnage, à l'extérieur, inscription coufique.

2 — Petit *vase* à anse lapis, décor personnages en relief.

3 — Petit *vase* à anse à reflets métalliques, décor, inscriptions coufiques.

4 — *Personnage* à tambour en terre-cuite.

5 — *Vase* à anse crème, décor gravé.

6 — *Œnochoé* à anse bleue, décor doré.

7 — Petit *bol* crème, décor quatre rayures bleues.

8 — Grand *bol* à reflets métalliques, décor, sujets douze personnages dans des médaillons et deux cercles de lapins ou animaux.

9 — *Bol* grisâtre, décor rayures bleues.

10 — *Carafe* à reflets métalliques, goulot évasé à décor sujets six figures, sur la panse dessins et inscriptions coufiques.

11 — *Vase-rouleau* turquoise, décor dessins noirs et rayures bleues.

12 — Grand *plat* vert turquoise irisé, décor fleurs et dessins noirs.

13 — *Vase* à anse turquoise, beau décor noir.

14 — *Bol* vert turquoise bien irisé, décor noir et bleu, à l'extérieur décor sujets petits poissons.

15 — *Vase* à anse à reflets métalliques, décor sujets personnages et inscriptions coufiques.

16 — *Bol Rhagès*, décor polychrome, sujets cinq personnages, quatre arbustes et inscription coufiques.

17 — *Carafe* pourpre foncé.

18 — *Vase* à anse, décor rayures et inscription arabique vertes.

19 — *Vase* lapis irisé à anse et à goulot très large, décor gravé.

20 — *Vase* à anse à reflets métalliques.

21 — *Œnochoé* à anse, décor rayures vertes sur fond noir, irisé.

22 — *Bol* crème irisé, décor dessins noirs.

23 — Beau *vase* à anse lapis, décor en relief inscription coufique.

24 — *Carafe* lapis, décor dessins noirs.

25 — Petit *bol* à reflets métalliques, décor inscription coufique.

26 — Grand *plat* à reflets métalliques, décor sujets quatre personnages, trois animaux et inscription coufique. Pièce intéressante.

27 — *Bol* hexagone bleuâtre, décor gravé et en relief.

28 — *Vase* à deux anses lapis, décor en relief : Fleurs.

29 — *Vase* à anse à reflets métalliques.

30 — *Vase* à anse turquoise.

31 — Grand *bol Rhagès*, décor polychrome, à l'extérieur inscription coufique.

32 — Grande et belle *carafe* turquoise irisé, décor en relief : Fleurs.

33 — *Vase* émaillé crème.

34 — *Vase* à anse en terre-cuite, décor en relief.

35 — Petit *bol* tricolore à reflets métalliques, à l'extérieur inscription coufique.

36 — *Vase* émaillé pourpre foncé.

37 — *Bol Guébry* jaune, décor vert et pourpre.

38 — *Plat* blanc irisé, beau décor noir et bleu.

39 — Grand *plat* à reflets métalliques, décors sujets personnage assis et inscription coufique.

40 — Petit *vase* à anse turquoise.

41 — Petite *assiette* turquoise, décor noir dessins et inscription arabique.

42 — Grand *plat*, décor dessins verts sur fond noir, irisé.

43 — Très belle *carafe* à reflets métalliques, décor sujet quatre animaux : lion, tigre, loup et lapin. Le goulot forme figure de personnage. Pièce rare.

44 — *Bol* profond octogone turquoise, à l'extérieur décor sujets cavaliers et animaux en relief. Pièce bien conservée.

45 — Grand *vase* à deux anses turquoise, décor en relief sujets sphinx et oiseaux. Très belle et rare pièce, bien conservée.

Haut. : 0^m34.

46 — *Bol Guébry* verdâtre, décor rayures marron.

47 — Petit *bol Rhagès*, décor polychrome sujets deux personnages assis et inscription coufique.

48 — *Bol Rhagès*, décor polychrome, sujets cavalier au milieu et sur la panse quatre animaux et inscription coufique.

49 — Petit *bol* indigo, décor en relief.

50 — *Bol* à reflets métalliques, décor sujets quatre personnages dans des médaillons.

51 — Beau *bol* turquoise.

52 — Petit *bol* bleuâtre, décor gravé.

53 — Grand *plat* à reflets métalliques au milieu personnage et sur la panse six personnages.

54 — Petit *bol*, décor bleu et noir sur blanc irisé.

55 — *Vase* à anse crème, décor en relief.

56 — *Bol*, décor dessins bleus sur crème, irisé.

57 — Grand *bol* à reflets métalliques, forme rose, au milieu personnage et sur la panse huit personnages.

58 — *Boite à parfums* indigo.

59 — *Bol*, sur la panse inscription arabique verte sur fond noir.

60 — Grand *bol* à reflets métalliques, au milieu deux personnages sous un arbre.

61 — Quinze différentes *faïences* de fouilles de Perse.

> Ce lot sera divisé.

62 — Trois grands *vases* de faïence de fouilles *Rakka*.

> Ce lot sera divisé.

ASSIETTES, PLATS, BOLS,

VASES A FLEURS ET POTICHES
DE PERSE

63 — *Assiette* ancienne, décor noir fleurs et dessins.

64 — Grand *plat* ancien, décor bleu sujets personnages, oiseaux et dessins.

64 *bis* — Grand *bol*, décor bleu fleurs sur fond blanc.

65 — Deux petits *plats*, décor noir et bleu sur fond blanc.

65 *bis* — Deux grands *bols*, décor bleu et noir, sujet figure sur fond blanc.

66 — Belle *assiette*, décor noir et bleu sujets personnages et dessins.

66 *bis* — Très grand *bol*, décor bleu et noir fleurs et dessins; à l'extérieur, quatre figures.

67 — *Bol* à jour, décor noir et bleu sur fond blanc.

67 *bis* — Enorme *cuvette*, décor bleu et noir sujets deux grands poissons sur fond blanc.

68 — *Salière* à quatre places, décor noir et bleu, sujets quatre oiseaux et poissons sur fond blanc.

69 — *Assielle* turquoise, décor noir oiseaux et dessins.

70 — *Salière* à sept places turquoise, décor noir.

71 — Grand *bol*, décor noir et bleu sujet figure; à l'extérieur dessins.

72 — Beau *bol*, décor noir et bleu sujets deux guerriers et dessins.

73 — *Salière* à sept places turquoise, décor dessins noirs.

74 — Deux petits *vases à fleurs*, décor noir et bleu sur fond blanc.

75 — *Carafe* décor noir et bleu sujets personnages, oiseaux et feuillage sur fond blanc.

76 — *Narghilé*, décor bleu sujets personnages et fleurs sur fond blanc.

77 — *Carafe* décor bleu sujets personnages et dessins sur fond blanc.

78 — *Carafe* décor marron sujets oiseaux et dessins sur fond blanc.

79 — Deux *vases à fleurs*, décor polychrome sujets personnages, oiseaux, etc.

80 — Deux *vases à fleurs*, décor polychrome sujets personnages, oiseaux, etc.

81 — Deux *vases à fleurs*, décor polychrome sujets personnages, oiseaux, etc.

82 — Deux *vases à fleurs*, décor polychrome sujets personnages, oiseaux, etc.

83 — Grand *vase*, décor polychrome sujets, personnages, cavaliers, oiseaux, animaux, fleurs et feuillage.

84 — Grand *vase*, décor polychrome sujets personnages, cavaliers, oiseaux, animaux, fleurs et feuillage.

85 — *Potiche*, décor polychrome chinois, sujets personnages, oiseaux, papillons, fleurs et feuillage.

86 — *Potiche*, décor polychrome sujets la Reine, le Prophète, les Chambellans, etc.

87 -- Grande *potiche*, décor polychrome sujets personnages, dessins, etc.

88 — Grande *potiche*, décor polychrome sujets personnages royaux, dessins et inscriptions arabiques.

89 — Grande *potiche*, décor polychrome sujets personnages et dessins.

90 — *Potiche*, décor polychrome oiseaux, fleurs et feuillage.

91 — *Potiche*, décor polychrome sujets personnages, fleurs et dessins.

92 — Grande *potiche*, décor polychrome sujets personnages assis et fleurs.

93 — Grande *potiche*, décor polychrome sujets personnages, cavaliers, animaux, fleurs et feuillage.

93 *bis* — Cinq grandes *potiches*, décor bleu sur fond crème.
Ce lot sera divisé.

94 — Grande *potiche*, décor polychrome sujets personnages, cavaliers, animaux, fleurs et feuillage.

95 — Grande *potiche*, décor polychrome sujets personnages, cavaliers, animaux, fleurs et feuillage.

95 *bis* — Six petites *potiches* bleu turquoise, décor noir.

Ce lot sera divisé.

MINIATURES DE PERSE

96 — *Miniature* polychrome deux guerriers.

96 *bis* — *Miniature* polychrome : Rencontre d'amoureux. Encadrée.

97 — *Miniature* polychrome : Femme persane assise.

97 *bis* — *Miniature* polychrome : Persane jouant de la mandoline. Encadrée.

98 — *Miniature* polychrome : Derviche et jeune persane.

98 *bis* — *Miniature* polychrome : Scène de famille. Encadrée.

99 — *Miniature* polychrome : Derviche assis.

99 *bis* — *Miniature* : Jeune persane assise. Encadrée.

100 — *Miniature* polychrome : Personnage.

100 *bis* — *Miniature* polychrome : Fleurs. Encadrée.

101 — *Miniature* polychrome : Deux amoureux et inscriptions persanes. Bel encadrement ancien.

101 *bis* — *Miniature* polychrome : Personnages.

BRONZES, CUIVRES

BOIS SCULPTÉS ET LAQUES DE PERSE

102 — Deux garnitures de porte : *Vipères.*

103 — *Collier* de derviche.

104 — *Chandelier* bronze ciselé.

105 — *Grande tasse*, bronze ciselé, dessin fleurs et inscription arabique.

106 — Partie de *narguilé*, décor en relief et incrustations argent.

107 — *Tasse*, décor ciselé, sujets personnages, animaux, dessins et inscription arabique.

108 — *Coupe à pied*, décor ciselé, sujets personnages, dessins et inscription arabique.

109 — *Brûle-parfums*, décor ciselé, sujets animaux, dessins et inscription arabique.

110 — Grande *tasse*, décor gravé.

111 — *Plateau*, décor ciselé, sujets personnages, dessins et inscription arabique.

112 — *Plateau* rond, décor ciselé, sujets personnages, dessins et inscription arabique.

113 — *Chandelier* décor ciselé, sujets personnages, fleurs et dessins.

114 — *Mortier*, décor ciselé, personnages et inscription arabique.

115 — Deux pièces : *Tasse suspendue* de derviche et *poudrier*, décor en relief argenté.

116 — *Tasse*, décor ciselé, personnages, dessins et inscription arabique.

117 — *Tasse*, décor ciselé, dessin et inscription arabique.

118 — *Tasse*, décor ciselé, animaux, dessins et inscription arabique.

119 — *Mortier*, décor ciselé, personnage, dessins et inscription arabique.

120 — *Statuette* en bronze, personnage debout, provenant de fouilles faites à Rey.

121 — *Brûle-parfum*, décor ciselé, sujets personnages, animaux, oiseaux, dessins et inscription arabique.

122 — *Grand plateau*, décor ciselé personnages et animaux, dans des médaillons.

123 — *Chandelier*, décor ciselé, personnages et inscription.

124 — *Tasse* en cuivre, décor ciselé, dessins et inscription.

125 — Deux pièces : *Pipe* et *partie de pipe* en bois sculpté·

126 — *Chaine.*

127 — *Chandelier*, décor ciselé.

128 — Trois pièces : deux *fourneaux* de narghilé et petite *tasse*.

129 — Petite *tasse*, décor ciselé, dessins et inscription.

130 — Deux pièces : Petite *tasse* et *poudrier*, décors variés.

131 — Petit *chandelier*, décor ciselé, personnages et inscription arabique.

131 bis — *Boîte* en laque de Perse, décor polychrome.

132 — *Plateau* rond, décor ciselé, personnage et inscription arabique.

VERRES DE PERSE
ET VERRES IRISÉS

133 — Deux *œnochoés* bleues, décor polychrome, fleurs.

134 — Deux *vases à fleurs*, bleus, décor polychrome.

135 — Deux *carafes* bleues, décor polychrome.

136 — Deux *œnochoés*, décor polychrome, fleurs.

137 — Deux *œnochoés* bleues, décor polychrome.

138 — Deux verres : *œnochoé bleue* et petit vase bleu, décor polychrome.

139 — Trois *verres* : animal vert, oiseau bleu et flacon marron foncé.

140 — Deux *carafes*, blanche et verte.

141 — Six *verres* irisés.
Ce lot sera divisé.

142 à 152 — Beaux *verres* de fouilles avec belles iri-
sations.

ASSIETTES, PLAT, CARAFE
ET CUVETTE DE CHINE

153 — Petite *carafe*, décor polychrome sur blanc.

154 — *Assiette*, décor polychrome, sujets personnages et arbres sur fond blanc.

155 — *Assiette*, décor polychrome, arbres sur fond
blanc.

156 — *Assiette*, décor polychrome, arbres sur fond
blanc.

157 — *Assiette*, décor polychrome fleurs, sur fond
blanc.

158 — *Cuvette*, décor bleu sur fond blanc.

159 — Grand *plat creux*, décor bleu, palmettes et
dessins sur fond blanc.

VELOURS, SOIERIES
TOILES IMPRIMÉES & ROBES DE PERSE

160 à 174 — *Velours cachan*.

175 à 182 — Huit lots par deux *toiles imprimées*.

183-184 — *Toiles imprimées*, par une pièce.

185 — *Robe* persane soie brodée, fil doré.

186 — Petit *panneau* soie brodée fil doré, décor polychrome, fleurs.

187 — Belle *robe* persane soie, décor polychrome et doré, fleurs et feuillage sur fond jaune.

OBJETS DIVERS

188 — Trois *poudriers* en cuir, décor gravé, sujets de deux poudriers : animaux et inscriptions arabes.

189-190 — Dix *vases* émaillés de Perse de différentes couleurs et autres formes.

Ces lots seront divisés.

TAPIS DE PERSE, D'ORIENT

ET AUTRES

191 — *Tapis* ancien du xvie siècle *Ispahan*, beau dessin sur fond bleu.

3^m40 sur 2^m15.

192 — *Tapis Kerman*, très beau dessin polychrome sur fond crème jaune. Belle bordure, animaux et fleurs.

1^m95 sur 1^m35.

193 — *Tapis Kerman*, très beau dessin polychrome sur fond crème jaune. Belle bordure, animaux et fleurs.

1^m95 sur 1^m35.

194 — *Tapis Kerman*, très beau dessin polychrome sur fond crème jaune. Belle bordure.

2^m05 sur 1^m30.

195 — *Tapis Chiraz*, dessin polychrome sur fond rouge, bleu et blanc. Belle bordure.

2^m20 sur 1^m55.

196 — Grand *tapis Sultanabad*, beau dessin polychrome sur fond bleu foncé. Belle bordure.

3^m20 sur 1^m55.

197 — Grand *tapis Korassan*, beau dessin polychrome sur fond bleu. Belle bordure.

3^m05 sur 1^m60.

198 — Six différents petits *tapis Perse*, dessin polychrome.

Ce lot sera divisé.

199 — *Tapis* ancien du xvie siècle, dessin polychrome.

1^m35 sur 1^m30.

200 — *Tapis* ancien *Hamedan*, dessin polychrome, sujets poissons sur fond rouge. Belle bordure.

4^m sur 1^m80.

201 — *Tapis Turkeman*, dessin polychrome sur fond rouge et bleu.

2^m65 sur 1^m70.

202 — *Tapis Turkeman*, dessin polychrome.

2^m80 sur 1^m15.

203 — Grand *tapis Korassan*, dessin polychrome sur fond bleu.

4^m20 sur 1^m85.

204 — Grand *tapis Herate*, dessin polychrome.

4^m35 sur 1^m80.

205 — *Tapis Chiraz*, beau dessin polychrome sur fond bleu.

2^m10 sur 1^m70.

206 — *Tapis Chiraz*, dessin polychrome, palmettes sur fond bleu. Belle bordure.

1^m35 sur 1^m25.

207 — *Tapis Chiraz*, dessin polychrome.

1^m40 sur 1 m.

208 — *Tapis Chiraz*, dessin polychrome.

1^m20 sur 1^m05.

209 — Beau *tapis* de *Karamanie*, dessin rouge et blanc sur fond bleu.

2^m15 sur 1^m35.

210 — *Tapis* de *Karamanie*, dessin polychrome.

2^m20 sur 1^m35.

211 — *Tapis Chiraz*, dessin polychrome sur fond bleu.

2^m45 sur 1^m60.

212 — *Tapis Hamedan*, dessin polychrome sur fond bleu. Bordure blanche et rouge.

2^m10 sur 1^m25.

213 — *Tapis Indien*, fond bleu.

2^m90 sur 1^m80.

214 — *Tapis Daghestan*, fond bleu.

1^m60 sur 1^m07.

215 — *Tapis Daghestan*, fond bleu.

1^m75 sur 0^m87.

216 — *Tapis Ferahan*, fond bleu.

1^m95 sur 1^m22.

217 — *Tapis* en soie, fond rouge.

1^m15 sur 1^m08.

218 — *Tapis Daghestan*, fond noir.

0^m75 sur 0^m60.

219 — *Tapis d'Afganistan*, fond rouge.

0^m88 sur 0^m65.

220 — *Tapis Karamanie*, fond rouge.

3ᵐ60 sur 1ᵐ60

221 — *Tapis de Smyrne*, fond rouge.

4ᵐ90 sur 3ᵐ70.

222 à 230 — *Tapis de Perse et d'Orient*, fond poly-chrome.

Ce lot sera divisé.

223 — Objets omis.